KB107613

撰漢詩集

언덕 너머 저편엔…

元巖 李 明 俊

☆ 일러두기

※ 다음 사항을 준수하여 作詩하였습니다.

1. 換韻 不可

2. 字字平仄法 遵守

3. 5言絶句詩는 2.4不同 嚴守, 下3連 避함

4. 5言絶句는 承, 結에 平聲字로 押韻함.

5. 7言詩는 2.6通 原則.

6. 7言詩 押韻은 起. 承. 結에 平聲字로 押韻.

7. 蜂腰, 鶴膝, 拗體 不可.

8. 한시는 시의 第2字의 平仄에 따라 시의 형식이 달라짐

   5언시의 경우: 제 2자가 평성일 경우 평기식(偏格)
   　　　　　　　제 2자가 측성일 경우 측기식(正格)
   7언시의 경우: 제 2자가 평성자일 경우 평기식(正格)
   　　　　　　　제 2자가 측성일 경우 측기식(偏格)

   * * 기타의 경우는 一般的 原則에 따라 作詩하였습니다.

★ 撰者의 辯

漢詩를 지으면서 漢字의 聲韻 기준을
漢韓辭典과 中韓辭典(高麗大中韓辭典),
辭彙(臺灣 刊)을 基準으로 삼았다.
그러므로 現在 中國語 發音과 相異하여,
平仄法에 혹시 差異가 있을 수 있다는
것을 諒知해 주시기 바랍니다.

목차

Ⅰ. 鄕愁

1. 還鄉 (환향) 82

漢城多年別 (한성다년별)
東波訪舊居 (동파방구거)
家中何所有 (가중하소유)
唯有幾牀書 (유유기상서)

서울에서 오래 살다
동쪽 바다 옛 고향 찾았다.
집에는 무엇이 있는가
오직 몇 권의 책뿐.

2. 思鄕 (사향) 1

千秋雪嶽畵虹精 (천추설악화홍정)　　雪嶽: 동해안의 산 이름

束草港波起沫城 (속초항파기말성)

靈琴晨悲歌泣唱 (영금신비가읍창)　　靈琴: 속초시 동명항의 亭子

何人不起故鄕情 (하인불기고향정)

영겁의 설악은 무지개를 그려내고
속초항의 파도는 포말을 일으켜 성을 쌓는다.
새벽 영금정은 눈물 흘리며 슬픈 노래를 하니
어찌 인간으로서 고향의 정을 그리워하지 않겠는가?

3. 憶束草 (억속초) 31

夢幻千坊束草經 (몽환천방속초경) 東草: 강원도 속초시

斑雲彌矢嶺飛英 (반운미시령비영) 彌矢嶺: 속초의 서쪽령

逍遙永郎湖聽鳥 (소요영랑호청조) 永郎湖: 속초 북쪽의 석호

樹籬湖浮片月明 (수리호부편월명)

꿈속에서 머나먼 고향 속초에 다녀왔다.
미시령 오색구름이 떠올라 꽃봉오리 만들고
새 소리 들으며 영랑호반을 거닐었다.
수림 울타리 속 호수에 조각달이 떠 빛난다.

4. 憶乙密臺 (억을밀대) 92

凉天如水碧雲顚 (량천여수벽운전)

乙密臺邊奔散煙 (을밀대변분산연)　乙密臺: 대동강변 누대

上牡丹峯孤月過 (상목단봉고월과)　牡丹峯: 평양시 북봉

悲憐亂民古稀年 (비련란민고희년)

맑고 서늘한 하늘가에 구름 덮이고
을밀대 주변에는 연기가 흩어지니
모란봉에는 외로운 달이 솟는데
비련의 피난 생활은 70년이 지났네.

5. 季月 (계월) 98

天寒日暮壑丘裏 (천한일모학구리)   季月: 섣달, 12월

玉露凋傷樹紅飛 (옥로조상수홍비)   凋傷: 시들다

故宇無書歸不得 (고우무서귀불득)   無書: 소식이 없다.

悲風爲我從天來 (비풍위아종천래)

산골에 날이 차고 해 저물면
찬 이슬 내려 나뭇잎 붉게 물들어 흩어진)다.
고향 소식 없어 가지 못하니
슬픈 바람 날 위해 하늘에서 불어온다.

6. 冬夜 (동야) 99

大同江冬水不波 (대동강동수불파)

凌雲乙密臺嵯峨 (릉운을밀대차아)　凌: 오르다.

宅園不駐何思過 (택원불주하사과)

百事窮究不勝遐 (백사궁구불승하)

대동강의 겨울 물결은 잔잔한데
을밀대는 구름 뚫고 우뚝 솟았네.
옛집의 동산은 어찌 되었을까?
세상일 궁금해도 알 수가 없네.

7. 慕乙密臺 (모을밀대) 93

秋入大同水微波 (추입대동수미파)　大同: 평양의 대동강

乙密凌雲皓嵯峨 (을밀릉운호차아)　乙密: 평양시의 누정

細雨紅楓飛掩路 (세우홍풍비엄로)

乘車誰再訪樓佳 (승차수재방루가)

가을 들어 대동강 물이 잔잔한데
을밀대는 구름을 뚫고 높이 우뚝 솟아 있네
가랑비 내려 붉은 단풍잎 날려 길을 덮을 때
누가 다시 차로 이 아름다운 누대 찾을까?

8. 人生路 (인생로) 94

幼年離鄉老巷籬 (유년리향로항리)　巷籬: 누추한 골목 마을

鄉音無改白髮飛 (향음무개백발비)　鄉音: 사투리

一瞥相見非隨識 (일별상견비수식)

但問其從何處來 (단문기종하처래)

어린 시절 고향 떠나 누항에서 늙어가고
고향 방언은 그대론데 흰머리만 흩날리네.
한 번 본 사람도 알아보지 못하는데,
다만 당신은 어디서 온 분인지 묻네

9. 民族同亂 (민족동란) 100

早晨鳥高飛 (조신조고비) 早晨: 이른 새벽

山花旣茂開 (산화기무개)

同族堅相殘 (동족견상잔)

百戰顯誰來 (백전현수래)

斷絶人緣久 (단절인연구)

恒常望爾歸 (항상망이귀) 爾: 너

于今七十年 (우금칠십년)

爾奇別搜稀 (이기별수희)

이른 새벽 새들이 높이 날고
산에는 벌써 꽃이 무성하다.
동족상잔의 전쟁 중
살아남은 이 몇 명인가?
인연이 끊긴 지 오래되니
자네가 돌아오기를 항상 바랐다.
지금까지 70년
자네의 소식 어디에서 찾을까?

10. 追憶 (추억) 8

金剛寒雪難出尊 (금강한설난출존)   金剛: 금강산

砲戰煙霹搖籃溫 (포전연벽요람온)   煙霹: 연기와 벼락

畔野淺溪都苦痛 (반야천계도고통)

充飢腹飮瓢汚村 (충기복음표오촌)   汚村: 허름한 시골

一生浮沈年年事 (일생부침년년사)

苦惱積堅落望穩 (고뇌적견락망온)   穩: 진중하다

後導黑風悲感到 (후도흑풍비감도)

終於感到苦低昏 (종어감도고저혼)   終於: 마침내

금강산의 혹독한 한설에 귀하게 태어나
포성의 연무에도 요람은 따뜻했다.
좁은 들과 얕은 물에서 노는 것도 고통이었고
허기진 배를 표주박 물로 채우며 누항에서 살았다.
인생 부침은 매년 이어지는 것.
고뇌가 쌓인 절망 속에서도 진중하였다.
후에 고달픔에 슬픔으로 이어져
마침내 어둠의 고통으로 느껴졌다.

11. 鄕關 (향관) 28

秋風凉雨過靑山 (추풍량우과청산)

故址思多木弘丹 (고지사다목홍단)   故址: 고향

亭亭初生光照路 (정정초생광조로)   初生: 초생달

悠悠漢瀑萬千瀾 (유유한폭만천란)   悠悠: 멀고 아득한

家中夢裏何時到 (가중몽리하시도)

季末鄕關總人還 (계말향관총인환)   鄕關: 고향

漫漫秋風吹白髮 (만만추풍취백발)   漫漫: 끊임없이, 충만한

愁思早日使人攀 (수사조일사인반)   攀: 높은 곳에 오르다

비가 청산에 뿌리더니 가을 바람 서늘해지고
수목이 붉어지니 고향 생각에 잠긴다.
창공 높은 곳에 초승달이 길을 비춰주고
유유히 흐르는 한강은 천만년 물결치고 있다.
어느 때 꿈속에서 귀향해 볼 수 있을까?
계절이 끝날 때까지 몇 명이나 고향 다녀올지
가을바람 끊임없이 흰머리에 불어대니
곧 갈 수 있을지 고민하게 된다.

12. 仲秋斷想 (중추단상) 37

月耀出繁霧似燒 (월요출번무사소)　　繁霧: 짙은 안개

悠悠月色巨松豪 (유유월색거송호)　　悠悠: 멀다, 한적한, 아득한

當今同友多方絶 (당금동우다방절)

現在消息不至逃 (현재소식불지도)

半百年分開快樂 (반백년분개쾌락)

幾人已亡不呼招 (기인이망불호초)

今開會合非多時 (금개회합비다시)

何不悲生如草露 (하불비생여초로)　　草露: 풀잎 이슬

짙은 안개 속에서 나온 달빛은 불꽃과 같아서
그윽한 달빛이 거송의 의연함을 보게 한다.
지금 친구들은 각자 다방면으로 흩어져
소식도 전해지지 않고 있다.
50년을 헤어져 즐겁게 살아왔지만
몇몇은 이미 사라져 소식조차 전할 수 없다.
이젠 함께 모일 시간도 줄어들었고
인생은 풀잎 이슬 같은 것을
어찌 슬퍼하지 않을 수 있겠는가.

13. 還鄕 (환향) 60

悲秋元岩長期離 (비추원암장기리)   元岩 ; 미시령 아래 마을

彩霞山河不可知 (채하산하불가지)

悵望秋天鳴墮葉 (창망추천명타엽)

森興人亡無搜期 (삼흥인망무수기)

當時同去獨來往 (당시동거독래왕)

憶友哀傷不勝悲 (억우애상불승비)

舊聞桑田而成海 (구문상전이성해)   桑田而成海: 상전벽해

黃昏但鵲雀淒飛 (황혼단작작처비)   鵲雀: 까치, 참새

쓸쓸한 가을 오랫동안 고향 떠났다 돌아와 보니
지금 화려했던 산하 알기 어렵게 되었네.
창망한 가을 날씨에 낙엽 지는 소리 들리고
산림은 무성한데 사람은 죽어 찾을 길 없네
당시 함께 떠났지만 나 홀로 돌아와
벗을 회상하니 비통해져 슬픔을 이길 수 없네
옛말에 상전벽해라는 말을 들었는데
황혼에 까치, 참새만이 쓸쓸히 날아가네.

14. 想故園 (상고원) 69

誰家陶笛暗飛聲 (수가도적암비성)　陶笛: 오카리나 악기

散入微風滿漢城 (산입미풍만한성)

滾滾江波浮雲外 (곤곤강파부운외)　滾滾: 돌다, 회전하다.

龍山快涼日光零 (용산쾌량일광영)　龍山: 서울의 지명

家裏夢在何天到 (가리몽재하천도)

遣送多來故園聽 (견송다래고원청)　故園: 고향

物換星移幾度態 (물환성이기도태)　幾度: 몇 번

何人不起故鄕情 (하인불기고향정)

누군가 오카리나 부는 소리가
미풍을 타고 주변에 가득 번진다.
구름 밖에선 강물이 도도히 흐르고
용산의 햇볕도 시들어져 서늘하다.
꿈속에서 그리던 고향은 언제 가 볼까?
얼마나 시간이 지나야 고향 소식 들을까?
세월 흘러 고향은 얼마나 변했는가.
누군들 고향 그리는 정 생기지 않겠는가?

15. 冬天 (동천) 74

露下鴉哭雲滿淸 (노하아곡운만청)　　鴉哭: 까마귀 울음소리

空山獨夜旅魂驚 (공산독야여혼경)

江邊獨客同愁宿 (강변독객동수숙)

子夜出枋萬感情 (자야출방만감정)　　出枋: 문지방에 가다

北雁歸飛聞下雪 (북안귀비문하설)

遐鄕隣里有居寧 (하향린리유거녕)　　遐鄕: 먼 고향

今天寢牀孤流淚 (금천침상고류루)　　寢牀: 침대

何人勿憧古園情 (하인물동고원정)　　古園: 고향

- 22 -

이슬 내리고 까마귀 울고 맑은 날 구름 가득한데
시름에 쌓인 나그네 마음.
강변 외로운 나그네 잠드는 밤
밤중에 일어나 문지방에 앉으니 만감이 든다.
기러기 날고 눈 내리는 소리 들리는데
먼 고향 이웃들은 안녕하신가?
아침 일어나 침상에 앉아 쓸쓸히 눈물 맺히니
누구인들 고향의 정 그리워하지 않는 사람 있을까?

16. 惠諒 (혜량) 80

形存人亡無觀窮 (형존인망무관궁)

寂寂江邊散雨中 (적적강변산우중)　寂寂: 고요한

濃霧發櫻花自落 (농무발앵화자락)　櫻花: 앵두꽃

淸江皓月照心胸 (청강호월조심흉)

凉風只在揚西頭 (량풍지재양서두)

百年生涯不勝衷 (백년생애불승충)

朝看飛夕巢鳥還 (조간비석소조환)

遐鄕常駐有存充 (하향상주유존충)　遐鄕: 먼 고향

자연은 그대론데 아는 사람은 보이질 않고
고요한 강변엔 안개비만 내린다.
안개 자욱하니 앵두꽃 떨어지고
맑은 강, 흰 달만 가슴 비춘다.
서늘한 바람 몸을 스치면
백 년 생애 슬픔을 이길 수 없다.
아침에 날아간 새도 저녁이면 돌아오는데
먼 고향의 사람들은 어찌 되었을까?

Ⅱ. 靜思

17. 閑暮 (한모) 85

飛虹映暮地 (비홍영모지)　　飛虹: 무지개 뜨다

斜陽展梧桐 (사양전오동)

啓門觀南岳 (계문관남악)

悠悠太古同 (유유태고동)

저녁 무지개 연못에 비쳐 떨어지고
석양은 오동나무에 비친다.
창문 열고 남악을 바라보니
먼 옛날 모습 그대로다.

18. 黃昏 (황혼) 83

白日依山盡 (백일의산진)　白日盡: 해가 지다

江波入海村 (강파입해촌)

夕陽無限好 (석양무한호)

只是近黃昏 (지시근황혼)

서산에 해 지고
한강은 바다로 흐른다.
석양은 끝없이 아름답지만
오직 다가오는 것은 황혼뿐.

19. 夜眠 (야면) 87

不改舊山河 (불개구산하)
如今感慨延 (여금감개연)
眠中來往房 (면중래왕방)
白髮兩蕭然 (백발양소연)

산천은 바뀐 것이 없는데
시름은 날로 늘어만 간다
꿈속에서 옛집 다녀오니
흰 머리털이 성글어졌다.

20. 苦惱 (고뇌) 95

喜雨亭頭月上懸 (희우정두월상현)　喜雨亭 ; 한강변 정자

蘆花如雪復如煙 (노화여설복여연)　蘆花: 갈대꽃

靑雲難力呈非願 (청운난력정비원)　靑雲: 부귀공명

此體得升空翼牽 (차체득승공익견)

희우정 위엔 달이 걸렸고,
갈대꽃 눈과 같아 연기 또한 희다.
마음대로 되지 않는 부귀공명 모두 싫어
이내 몸 날개 돋아 훨훨 날고 싶다.

21. 斜陽 (사양) 5

斜陽漸加層 (사양점가층)

歡欣召淚城 (환흔소루성)

雖輝陽不看 (수휘양불간)

但能畵風景 (단능화풍경)

夕陽昏圓爛 (석양혼원란)　　圓爛: 둥글게 불타다

故消懷恨影 (고소회한영)

若予悽泣淚 (약여처읍루)

由負擔激泳 (유부담격영)　　激泳: 심한 물결

저녁놀이 점점 층을 쌓아 짙어지면
기쁜 감정은 눈물의 성이 된다.
비록 낮에는 빛나는 석양을 볼 수 없지만
이제는 능히 그 풍경을 그릴 수 있다.
석양이 저녁에 둥글게 불타는 것은
회한의 그림자를 사라지게 하기 때문.
만약 내가 슬프게 눈물짓는다면
격랑의 짐을 짊어졌기 때문.

22. 自覺 (자각) 4

嶺月四更吐 (령월사경토)   四更: 한밤중, 5경의 하나

靜中觀愼悟 (정중관신오)

亂紛七十年 (란분칠십년)   亂紛: 혼란스런, 헝클어진

萬病痛留苦 (만병통류고)

氣質消心慾 (기질소심욕)

沒希望蓄庫 (몰희망축고)

光燈沒宿岑 (광등몰숙잠)

在覺不知老 (재각불지로)

동산 위의 달은 4경에 뱉어내고
고요한 가운데 삼가 깨달음을 알아본다.
굴곡진 70년 인생
많은 병고의 고통이 쓰라리게 남아 있고
본성은 원래 물욕이 없어
축재하는 것을 좋아하지 않았다.
태양이 산봉우리 넘어 사라지면
그때 늙어가는 것을 깨닫겠지.

23.老華 (노화) 3

陽光永遠延 (양광영원연)

咫尺扶桑懸 (지척부상현) 扶桑: 해뜨는 곳

旺芽衰枝柔 (왕아쇠지유)

何枯不死連 (하고불사연)

雖斜光再照 (수사광재조)

獨鷺梁津見 (독노량진견) 鷺梁津: 영등포의 지명

夕陽似華爛 (석양사화란) 華爛: 화려하게 빛나다

今更重老年 (금경중노년)

태양 빛은 영원히 이어져
지척의 해 뜨는 곳에 걸렸다.
왕성한 새싹도 쇠하고 나뭇가지도 힘이 없는데
어찌 나무들은 죽지 않고 살아가겠는가?
비록 석양빛도 다시 비치지만
홀로 노량 나룻터에서 바라본다.
석양이 불붙는 듯 화려한 것은
지금 노년이 더욱 중요하기 때문.

24. 春愁 (춘수) 64

紗窓曉色新 (사창효색신)   紗窓: 비단문

池草暗生薪 (지초암생신)

綠水閒歌鳥 (록수한가조)

絲弦醉冥伸 (사현취명신)   絲弦: 궁 악기의 현

梨花白雪吐 (이화백설토)

野霞朝施晨 (야하조시신)

草樹春歸日 (초수춘귀일)

知多少客呻 (지다소객신)   客呻: 객의 슬픈 소리

새벽에 창문이 훤히 밝아오면
연못가 초목이 생기를 띤다.
나무에선 새들이 한가히 노래 부르고
향연이 펼쳐지니 풍류가 흐른다.
배꽃은 백설로 풀어내고
들의 안개는 아침을 알려준다.
봄날에 초록이 돌아와도
나그네 시름은 그지없다.

25. 春色 (춘색) 75

春風柳上包 (춘풍류상포)

池草暗春鼓 (지초암춘고)　春鼓: 봄을 알리다

綠樹聞歌鳥 (록수문가조)

梨花白雪濤 (이화백설도)

紗窓晨色映 (사창신색영)　紗窓: 비단 창문

雀泣聞庭蕭 (작읍문정소)　雀泣: 참새 울음소리

日月得回轉 (일월득회전)

如何無臭騷 (여하무취소)

봄바람은 버들가지 위를 감싸고
연못의 풀은 조용히 봄을 알려준다.
나무에선 새가 지저귀고
흰 눈인 양 배꽃이 넘쳐 물결 진다.
창에 새벽 햇빛이 비칠 때면
정원에 참새 소리 들린다.
세월은 빠르게 흘러가는 것을
냄새에 소리까지 없으니 어찌 알까?

26. 散步 (산보) 65

春歸樹葉風 (춘귀수엽풍)

殘雪梅花蕘 (잔설매화홍)

柳上春風暖 (류상춘풍난)

鶯歌聞林中 (앵가문림중)　鶯歌: 꾀꼬리 울음 소리

今朝風日好 (금조풍일호)

片時畵床中 (편시화상중)　片時: 짬

爲愁春風重 (위수춘풍중)

空坐白雲中 (공좌백운중)

봄이 되어 나뭇잎의 바람이
매화꽃의 잔설을 쫓아낸다.
버드나무에 온기가 돌 때면
꾀꼬리 노랫소리 숲속에서 들린다.
오늘같이 바람 불어 좋은 날엔
낮에 춘몽에 잠긴다.
봄바람이 거듭 불어 수심에 잠기면
흰 구름 속 빈 의자에 앉아본다.

27. 出世 (출세) 17

(孫 李杬昊의 출생에 즈음하여)

震雷天開廻赤朝 (진뢰천개회적조)

山川凉爽逸春騒 (산천량상일춘소)　　凉爽: 쾌청한

陰濕照亮歡欣樂 (음습조량환흔락)

瑩雅呱呱吟强咆 (형아고고음강포)　　瑩雅: 옥같이 고아한

沒聲微息出神祕 (몰성미식출신비)

伸張無碍叡知遙 (신장무애예지요)

豐饒更道羞慚長 (풍요경도수참장)　　羞慚: 부끄러움

望智德輝步似初 (망지덕휘보사초)

우레가 진동하더니 하늘이 열리고 아침 붉은 기운이 돌고
산천은 쾌청하여 봄의 소란함을 어루만진다.
우울해도 밝은 빛이 환희의 기쁨을 주고
옥같이 고아한 눈은 힘차게 고고의 소리를 낸다.
소리 없는 작은 숨결은 신비를 자아내며
장애 없이 펼치는 예지는 원대하다.
풍요보다 도를 부끄러워하며 자라
태초와 같은 지혜와 덕이 빛나길 기원한다.

28.春日 (춘일) 70

日長陽煖柳靑新 (일장양난류청신)

能事春心鷺梁津 (능사춘심노량진)

不紅花春風大冷 (불홍화춘풍대랭)

人情反覆似波伸 (인정반복사파신)

吟獨夜旅孤魂魄 (음독야여고혼백)　　孤魂魄: 외로운 혼의 읊조림

世事浮雲何足呻 (세사부운하족신)　　呻: 한스러움의 표현

往話悠悠流自來 (왕화유유류자래)

凉風只在宇沒身 (량풍지재우몰신)

햇볕이 온화하여 낮이 길고 버들이 다시 푸르니
노량진에서 봄 내음이 풍긴다.
봄바람이 차가워지면 꽃도 피지 않고
인간의 정도 파도와 같이 반복된다.
밤에 홀로 외로운 혼이 읊조리는데
뜬구름과 같은 세상사 한탄해 뭘 해.
지난 일 유유히 흘러가니
서늘한 바람만이 몸에 스친다.

29. 大方春 (대방춘) 79

細雨霏霏過午播 (세우비비과오파)   霏霏: 비 내리는 모습

江南四月水如歌 (강남사월수여가)

開窓欲向收千物 (개창욕향수천물)

道路無人滾水多 (도로무인곤수다)

扶杖溪西春日夕 (부장계서춘일석)

園中已折杜鵑羅 (원중이절두견라)   杜鵑: 두견화(진달래꽃)

詩篇頌過興隆歲 (시편송과흥륭세)

浮世開始閑界佳 (부세개시한계가)   閑界佳: 한가하고 아름다운

오후에 가랑비가 부슬부슬 내리고,
강남 4월은 물결이 노래하듯 흐르네.
창문 열고 모든 광경 바라보니
도로엔 인기척 없고 물만 출렁출렁.
해 저무는 시냇가로 지팡이 짚고 거닐 때
둔덕의 두견화 벌써 만발하였네.
나이 들어 시 읽고 흥성한 세월 보내니
살기 좋은 한가한 곳 겨우 알았네.

30. 古宅 (고택) 36

萬里鳩啼綠映池 (만리구제록영지)　鳩啼: 비둘기 울음 소리

歪家朽敗不超悲 (왜가후패불초비)　朽敗: 후락한

窓前茂草生空地 (창전무초생공지)

魏岳靑山類舊時 (위악청산류구시)

何處依稀差去年 (하처의희차거년)　稀差: 차이가 적다

親朋已亡不觀期 (친붕이망불관기)

霜枝紅於春節色 (상지홍어춘절색)　於: 비교격으로, ~보다

憶苦思念落淚施 (억고사념락루시)

먼 곳엔 비둘기 울고 연못이 푸른데
무너져 가는 폐가를 보니 슬퍼지네.
집의 빈터에는 초목이 무성하고
높은 산봉우리는 예전과 같이 푸르네.
어찌 과거와 다른 것이 있을까마는
친구는 벌써 죽어 만나볼 기약조차 없네.
서리 맞은 나무는 봄꽃보다 붉은데
지난 고난을 생각하니 눈물이 도네.

31. 冬至 (동지) 43

超出白月照窓扉 (초출백월조창비)

寬漢江千里流來 (관한강천리류래)

汝矣微風吹白雲 (여의미풍취백운)　　汝矣: 서울의 여의도

間江驛裏逢冬施 (간강역리봉동시)　　間江驛: 샛강역

蕭蕭月暈搬思愁 (소소월훈반사수)　　月暈: 달무리

漫漫聲非聞耳微 (만만성비문이미)

但次施得一年樂 (단차시득일년락)

浮雲世事豈足悲 (부운세사기족비)

우뚝 솟은 흰 달이 문틈에 비치고
적막한 한강은 천 리를 흐른다.
여의도의 미풍은 흰 구름을 날리고
샛강역에서 겨울을 맞이한다.
쓸쓸한 달무리는 수심을 자아내니
시끄러운 소리는 귀에 거슬린다.
단 한 차례의 기회로 1년이 즐거워도
뜬구름 같은 세상사 어찌 슬픔에 만족하리.

Ⅲ. 送別

32. 惜別 (석별) 91

花飛鳥啼水空流 (화비조제수공류)

夏上君行誰共愉 (하상군행수공유)   共愉: 함께 놀다

處處白雲長隨子 (처처백운장수자)

繁雲堪臥與急歸 (번운감와여급귀)

새 울고 꽃잎 날리며 물도 흐르는데
여름철에 그대 가면 누구와 함께 놀까?
곳곳 흰 구름도 그대 따라가는데
구름 속에 누우면 좋으니 어서 가보세.

33. 傷痕 (상흔) 13

前此霧滴底 (전차무적저)

陰芽楊柳墟 (음아양류허)

林風吹不盡 (림풍취불진)

娘試到何舒 (랑시도하서)　　試到: 시도하다

眉目瑛晨眼 (미목영신안)

微微入何輿 (미미입하여)

今朝風日好 (금조풍일호)

恨入骨脂悽 (한입골지처)　　脂悽: 처량하다

며칠 전 물안개가 자욱이 내려앉고
버드나무는 침울한 폐허에서도 싹이 난다.
숲속 바람은 그치지 않고 부는데
그녀는 무슨 계획을 펼치려는가?
영롱한 별빛 같은 고운 눈을 가진 그녀는
여린 미소를 띠고 연수레에 들어갔겠지.
오늘 아침 바람이 좋아도
한스러움에 사무쳐 온몸이 서늘해지네.

34. 別離 (별리) 33

南山相送罷 (남산상송파)

勿問何都之 (물문하도지)

流淚看應許 (류누간응허)

揮歸自玆離 (휘귀자자리)　揮歸: 손을 흔들며 돌아가다

期約無後日 (기약무후일)

浮雲想當知 (부운상당지)

但去悲哀問 (단거비애문)

白雲無盡飛 (백운무진비)

남산에서 서로 헤어지면서
어디로 갈 것인지 묻지 않았다.
흐르는 눈물은 이별을 암시하듯
손을 흔들며 스스로 갈 길을 가야 했다.
후일을 기약하지 않았지만
뜬구름만이 알고 있는 듯하다.
이렇게 헤어지면 애통함을 어찌 물을까?
흰 구름만이 끝없이 흘러간다.

35. 告別 (고별) 40

漢水蕩西開 (한수탕서개)

圜山岳石村 (원산악석재)

茲街相送罷 (자가상송파)

難苦自緘來 (난고자함래)　　緘來: 감추고 오다

野草年年綠 (야초년년록)

朝鳥鵲語廻 (조조작어회)

蕭蕭心我竪 (소소심아수)　　心竪: 마음을 강하게 하다

幻夢醒加悲 (환몽성가비)

한강물은 도도히 서쪽으로 흘러가고
산악은 바위를 휘돈다.
이 거리에서 서로 헤어져
쓰라린 고통을 스스로 감추고 살아왔다.
들판의 풀은 해마다 푸르건만
아침 까막까치가 울면 손님이 온다는데
처량한 생각에 마음을 다잡지만
꿈속에서 깨어나면 더욱 슬퍼지겠지.

36, 暮愁 (모수) 41

林葉黃天屛 (림엽황천병)

開菊不可迎 (개국불가영)

知期求再度 (지기구재도)　　再度: 다시 한번

不離夜分鳴 (불리야분명)

送別臨山頂 (송별임산정)

相思來未冥 (상사래미명)　　未冥: 어둡기 전

卽今歡樂事 (즉금환락사)

恐怕又成零 (공파우성령)　　成零: 헛 되다

숲은 누렇게 단풍 들어 하늘 배경으로 둘러치고
국화가 꽃 피어도 좋아할 수 없었다.
후일 다시 만날 것을 알면서도
헤어지기 싫어 밤에 눈물 흘렸지.
이별 후 산에 올라
저녁이 되면 옛 생각에 잠겼다.
지금은 즐거운 삶이지만
또 꿈속에서나마 못 만날까 두렵군.

37. 追懷 (추회) 42

晚景寒鳶巍 (만경한연위)

秋風放燕歸 (추풍방연귀)

門前觀月色 (문전관월색)

疑地上霜微 (의지상상미)

白葦洲花吐 (백위주화토)　　白葦 ; 갈대꽃

銀灰白髮施 (은회백발시)

朋縱何處去 (붕종하처거)

少友豈思知 (소우기사지)

저녁 추위에 솔개는 높이 날고
갈 바람에 제비도 돌아갔다.
문 앞에서 달을 감상하니
땅에는 서리가 조금 뿌린 듯하다.
물가에는 갈대꽃이 벌고
내 머리에는 흰머리가 시작된다.
친구들은 어디로 갔는가?
어찌 옛 친구를 생각하지 않으리.

38. 悲歌 (비가) 67

相知六年絲 (상지육년사)

會少別離多 (회소별리다)

自然春川游 (자연춘천유)

興衰獨痛斯 (흥쇠독통사)

乾坤無厚薄 (건곤무후박) 厚薄: 후하고 박하다

互逢憶前苟 (호봉억전가)

幻夢隨余考 (환몽수여고)

凉風展頭斜 (량풍전두사) 展頭: 머리에 펼쳐지다

서로 알고 지낸 지 6년
떨어져 만난 때 적었네.
춘천에서 놀던 곳은 그대로인데
부침이 많아 홀로 슬퍼했네.
천리는 후박이 없는데
서로 만나니 어려웠던 기억 나네.
꿈에도 내 마음은 같았지.
서늘한 바람이 몸에 스치네.

39. 夢想 (몽상) 68

靑山橫北恢 (청산횡북회)   橫恢: 가로 드넓게

漢浪流西遲 (한랑류서지)

烏鵲曲多廻 (오작곡다회)   烏鵲曲: 까치가 울다.

黃昏不見歸 (황혼불견귀)

情人別離去 (정인별리거)

此念未爲支 (차념미위지)

枕上春眠裏 (침상춘면리)

行完數萬期 (행완수만기)

청산은 북으로 가로질러 드넓고
한강은 서서히 서쪽으로 흐르네.
까막까치 울면 돌아온다더니
해가 저물어도 돌아오지 않네.
고운 님 이별하니
이 마음 둘 데 없네.
침상에서 춘몽에 드니
마음은 수 천리를 다녀왔네.

40. 秋夜 (추야) 15

牀前看月英 (상전간월영)

室入涼蛬鳴 (실입량공명)　蛬鳴 ; 귀뚜라미 울음소리

遠落秋景靜 (원락추경정)

鄕郊沼水傾 (향교소수경)

芝芒皆黃色 (지망개황색)

徙欲何依亨 (사욕하의형)

薄暮察東嶺 (박모찰동령)

忽然故迹馨 (홀연고적형)　迹馨: 스미는 옛 향기

침대 머리서 달을 보니 꽃부리 같고
방에는 귀뚜라미 울고 있다.
멀리 촌락의 가을 풍경 적막한데
가을이 되어 교외의 연못 물도 줄었다.
지초 망초도 다 단풍 들었고
향유를 위해 갈 곳은 어딘가?
초저녁 동편 고갯길을 바라보니
홀연 고향의 향기가 스민다.

41. 追念 (추념) 10

獨進書樓念渺然 (독진서루념묘연)　　書樓: 서예실

霏微想念晚夜延 (비미상념만야연)　　霏微: 가랑비

星光如水波接天 (성광여수파접천)

玩月人何去久年 (완월인하거구년)　　玩月: 달구경

暮夜毛毛潛泣戀 (모야모모잠읍련)　　毛毛: 가랑비

微泡不止長思連 (미포불지장사연)

昔今類似過多事 (석금류사과다사)

拭却出滴益想堅 (식각출적익상견)　　拭却: 씻다.

홀로 서실에 들어가니 묘연한 생각이 들고
가랑비 내리는 늦가을 상념이 이어진다.
별빛과 물결이 하늘에 닿고
함께 달 구경하던 사람은 헤어진 지 오래다
늦은 밤 가랑비에 슬픈 눈물지고
번지는 눈물 그치지 않고 그리움만 길어진다.
예나 지금이나 유사한 일은 많건만
흐르는 눈물 씻으니 생각이 굳어진다.

42. 寒露 (한로) 53

萬里煙霞爲冷秋 (만리연하위랭추)

天寒日暮雁歸洲 (천한일모안귀주)

百年世事當然亂 (백년세사당연란)

峽谷蕭條使人愁 (협곡소조사인수)　　蕭條: 쓸쓸히

想故鄉家周圍索 (상고향가주위색)

生別展轉不相扶 (생별전전불상부)

十年不見來何話 (십년불견래하화)

爲我啼臨鳥遠坵 (위아제림조원구)

먼 곳에서 연기와 놀을 보니 추운 가을이고,
추우니 저녁에 기러기는 북으로 돌아간다.
많은 세상사 마땅히 혼란스러워
산골짜기는 쓸쓸히 사람의 수심을 자아낸다.
고향 그리워 주위를 살펴보니
태어나 헤어져 서로 도움도 없었다
십 년을 못 봤는데 언제 다시 만날까?
멀리 언덕에선 날 위해 새들이 울고 있는 듯하다.

43. 追想 (추상) 16

(故 조병하 追悼詩)

送友街邊觀漢江 (송우가변관한강)

懷人但自涕濕裝 (회인단자체습장)

西峯施月光一片 (서봉시월광인편)

薄暮秋涼快意剛 (박모추량쾌의강)　　薄暮: 초저녁

煩惱孤魂尋迹象 (번뇌고혼심적상)

何人不願永生彰 (하인불원영생창)

靑山無語鴉空啼 (청산무어아공제)

淡然心焦痛斷腸 (담연심초통단장)　　斷腸: 장이 잘리는 고통

벗을 보내고 길가에서 한강을 바라보다가
친구 생각에 흐르는 눈물을 애써 감추었다.
서쪽 산봉우리에는 조각 달이 떠오르고,
초저녁 서늘한 가을에 생각이 깊어진다.
외로운 자신의 추억을 찾으니 번뇌가 되고
어찌 인간으로서 영생이 빛나길 원하지 않으리오.
청산은 말이 없고 까마귀는 공중에서 지저귈 때
초연한 생각으로 애끓는 마음을 달래본다.

Ⅳ. 幽居

44. 山行 (산행) 88

凌晨登雲嶺 (릉신등운령) 凌晨 ; 새벽

滄茫迷霧察 (창망미무찰)

遲遲山過步 (지지산과보)

愁顏與衰髮 (수안여쇠발)

새벽에 구름 낀 고개를 오르니
희미한 안개가 넓고 망망하게 퍼져있네.
느릿느릿 산으로 오르다
흰 머리털을 보니 수심이 드네

45. 自覺 (자각) 86

雲包北嶺百重灘 (운포북령백중탄)

樹裏南塘片月斑 (수리남당편월반)   片月: 조각 달

世事浮雲何足問 (세사부운하족문)

應當枕臥且加餐 (응당침와차가찬)   加餐: 많은 음식

흰 구름 쌓인 영봉 출렁이고
숲속 남쪽 연못엔 조각 달 아롱진다.
뜬구름 같은 세상 말해 뭘 해
응당 누워 배나 어루만지며 지내는 것이 좋겠네.

46. 良秋 (량추) 25

汝矣鶯歌微 (여의앵가미)　鶯歌: 꾀꼬리 울음 소리

間江蝶舞悲 (간강접무비)　蝶舞: 나비의 춤

堤防生白露 (제방생백로)

凉快柳莖吹 (량쾌류경취)

坐探江邊晚 (좌탐강변만)

玲瓏望月飛 (영롱망월비)

今朝風景好 (금조풍경호)

明年再秋歸 (명년재추귀)

여의도의 꾀꼬리 소리도 사라져 가고
샛강의 나비들이 슬피 춤추고 있다.
둑방 언덕에 흰 이슬이 내리고
버드나무 줄기 사이로 서늘한 바람이 분다.
강변에 앉아 저녁을 탐색해 보다
떠오르는 영롱한 달을 바라본다.
오늘 아침 풍경이 아름다웠는데
내년에도 이런 가을이 다시 돌아오겠지.

47. 宮闕悲境 (궁궐비경) 26

背巍岳立籬 (배위악립리)　巍岳: 높은 바위산

數鵲換飛幾 (수작환비기)

嵐覆昌德闕 (람복창덕궐)　嵐: 산 아지랑이

涼風幼柳微 (량풍유유미)

夕陽無事閑 (석양무사한)

雲裏月光飛 (운리월광비)

寂寞觀明月 (적막관명월)

魂靈道稚期 (혼령도치기)

높은 바위산은 뒷 울타리가 되고
몇 마리 까치가 창공을 빙빙 돌고 있다.
산 아지랑이는 창덕궁을 뒤덮고
서늘한 바람은 버드나무가 흔들린다.
저녁에 일 없어 한가한데
구름 속 달이 떠오르고
적막한 가운데 밝은 달을 보니
영혼을 어린 시절로 인도한다.

48. 登雪嶽 (등설악) 51

晨爬雪嶽攀 (신파설악반) 爬攀: 높은 곳에 오르다

物色煥芳丹 (물색환방단)

已經一朝落 (이경일조락)

靑天移畵搬 (청천이화반) 畵搬: 그림같이 되다

山花拂面味 (산화불면미)

創作傳播斑 (창작전파반) 創作: 작품이 되다

岳色多端露 (악색다단로)

白頭盡成棧 (백두진성잔)

새벽 설악산 등정길에
산색은 단풍으로 빛나고 있었다.
이미 일부 낙엽 지고
푸른 하늘은 그림으로 채색되었다.
산 꽃이 얼굴에 날리듯,
이 작품이 아름답게 전해지기를
바위는 다양한 색으로 뽐내는데
내 흰 머리카락은 사다리로 변했네

49. 悲哀 (비애) 55

老年惟成詩 (노년유성시)

其他不把持 (기타불파지)

生微成已老 (생미성이로)

死者爲塵泥 (사자위진니)　　塵泥: 흙으로 돌아가다

存者無聽信 (존자무청신)

如何自顧施 (여하자고시)　　自顧: 스스로 돌아보다

君門窮哲理 (군문궁철리)

回首想除悲 (회수상제비)

기타는 관심 없고 늙어 시 쓸 생각을 했다
이룬 것은 미미하고 몸은 늙어
먼저 죽은 친구는 먼지가 되어 버렸고
살아있는 친구들은 소식조차 없으니
무엇을 스스로 뒤돌아봐야 하는가?
궁극적으로 삶이란 무엇인가?
고개 숙여 생각해 보니
슬픔을 없애는 일이 아닌가?

50. 幼年山村 (유년산촌) 58

茅屋野人巢 (모옥야인소)   茅屋: 초가집

門前往來疎 (문전왕래소)

野果携兒拏 (야과휴아라)

荒田共婦勞 (황전공부로)   勞: 일하다.

山中無曆日 (산중무력일)   曆日: 책력(달력)

寒盡不知圖 (한진불지도)   寒盡: 시간이 지나 추위가 끝나다

苔滑此關雨 (태활차관우)   苔滑: 미끄러운 이끼

誰知此興滔 (수지차흥도)

산촌에 초가집 짓고 사니
문전에 다니는 사람 없다
들판의 과일은 아이들이 따먹고
부부는 거친 밭일을 한다.
산중 생활에 세월 가는 것도 잊고
해가 바뀌는 줄도 모르고 산다.
미끄러운 이끼도 비를 탓하지 않듯
누군들 이 넘치는 흥취를 싫어할 수 있으리?

51. 遊山 (유산) 9

一路索山些 (일로색산사)　索些: 여러 곳을 찾다

登山客幾多 (등산객기다)

白雲危掛岩 (백운위괘암)

草木亂開花 (초목란개화)

前雨新栢色 (전우신백색)

隨山到國思 (수산도국사)　國思: 동작구에 있는 산

溪華知侈意 (계화지치의)　侈意: 사치의 의미

互對亦無辭 (호대역무사)

등산 가기 위해 몇몇 산을 찾아보고
산에 오르니 등산객이 좀 많았다.
흰 구름 위태롭게 바위에 걸려있고,
초목은 여기저기 꽃이 피었다.
지난 비에 잣나무는 새롭게 짙어지고
산길 따라가다 보니 국사봉에 이르렀다.
묻는다 화려함과 사치의 의미를
서로 대화는 했지만 역시 말이 없다.

52. 想念 (상념) 29

蒼空無限不變靑　　　(창공무한불변청)

寂寂吟思夜索精　　　(적적음사야색정)

太白巍巍無窮長　　　(태백외외무궁장)　　巍巍: 높은 산의 위용

悠悠漢水百千淸　　　(유유한수백천청)

千秋萬物作完備　　　(천추만물작완비)

宇宙凉風起完成　　　(우주량풍기완성)

判言書身謙遜道　　　(판언서신겸손도)　　判言書身: 사람 판단의 덕목

人間事迹造化精　　　(인간사적조화정)

창공은 끝없이 변치 않고 푸르러
고요한 밤에 사색에 잠겨 읊조린다.
높고 높은 태백산은 무궁하게 이어지고,
유유히 흐르는 한강수는 천백 리 맑게 흐른다.
만물은 오랜 준비로 완성되는 것.
우주의 서늘한 바람은 만물을 북돋운다.
신언서판은 겸손의 도에 있고,
인간의 모든 것은 신의 조화에 있다.

53. 老恨 (노한) 50

老人無職在隱坊 (로인무직재은방)　隱坊: 은거지역

窓扉獨坐水隣芳 (창비독좌수린방)　窓扉: 창가

恒單住閒絶來還 (항단주한절래환)

但只呼明月照相 (단지호명월조상)

大病支離堅志落 (대병지리견지락)

功名自古萬招殃 (공명자고만초앙)

終歸束草吾留定 (종귀속초오류정)

現世非說旣跡綱 (현세비설기적강)　跡綱: 자취

- 82 -

나이 들어 할 일 없어 마을에서만 지낸다.
홀로 창가에 앉아 강변의 꽃을 본다.
항상 한가하게 지내니 오가는 이 없고
단지 명월만이 서로 비춘다.
병들어 굳은 뜻을 잃어버렸듯
공명도 자고로 재앙을 초래한다.
마침내 속초에 내가 머물 곳이 정해졌으니
현세의 지난 업적을 비판하지 말라

54. 閑居 (한거) 57

千峯萬谷似雲飛 (천봉만곡사운비)

玉露凋殘樹葉移 (옥로조잔수엽이)　　玉露: 옥빛 이슬

萬里風煙接峻嶺 (만리풍연접준령)　　峻嶺: 높은 산

寒天日曜銳峯離 (한천일요예봉리)　　銳峯: 뾰족한 산봉우리

觀山總是先人歿 (관산총시선인몰)

毅然天輪人間微 (의연천륜인간미)

處獨居閒絶往還 (처독거한절왕환)　　往還: 오가다

悲風爲我從天來 (비풍위아종천래)

수많은 산봉우리는 구름이 나는 모습 같고
흰 이슬은 단풍잎을 시들게 한다.
멀리서 불어오는 바람 안개는 준령에 접하고,
추운 날 햇볕은 높은 봉우리부터 비춘다.
산은 옛 산인데 인간은 사라지고
하늘의 윤회는 의연한데 인간은 보잘것없는 것.
오가는 사람 없어 홀로 한가한데
나를 위로하듯 멀리서 슬픈 바람이 분다.

55, 江邊卽事 (강변즉사) 73

平沙渺渺望中徙 (평사묘묘망중사)   渺渺: 아득한

暮雲間弦月向斜 (모운간현월향사)   弦月: 반달

銅雀邊前春水流 (동작변전춘수류)   銅雀邊: 동작 강변

江波吐荷正新花 (강파토하정신화)

東山明月微風少 (동산명월미풍소)

寂寂窮街見人些 (적적궁가견인사)   窮街: 골목길

晚來休讀無餘事 (만래휴독무여사)

生涯浮雲百年嘉 (생애부운백년가)   百年: 평생

모래벌판 아득하게 멀리 이어지고
저녁 구름 사이로 반 달이 뜬다.
동작 강변 앞은 봄 내음 나고
수면 위에는 연꽃이 새로 핀다.
미풍이 부는데 동산에는 밝은 달.
어둑한 골목길에는 인적이 드물다.
할 일 없어 늦게까지 책을 읽고
뜬구름 같은 생애 평생 행복하다.

56. 江畔 (강반) 78

萬里鶯啼綠映看 (만리앵제록영간)

芳林無人紅飛斑 (방림무인홍비반)

花峽不曾緣容掃 (화협불증연용소)

放壬春風拂面刪 (방임춘풍불면산)

長日江邊多事悟 (장일강변다사오)

終天無念長閒單 (종천무념장한단) 　終天: 하루 종일

春心能事充江畔 (춘심능사충강반)

但忘心屛想自閒 (단망심병상자한) 　心屛: 마음의 문

먼 곳에선 꾀꼬리 울고 꽃이 피는데
숲에는 인기척 없고 강변 붉은 꽃은 영롱하다.
좁은 길의 낙화는 아직 쓸지 않았고
춘풍은 얼굴을 스친다.
긴 날에 강변에는 깨우침이 많지만.
종일 생각 없이 하루를 한가히 보낸다.
강변의 봄에는 생각이 많아
마음의 문을 닫으면 생각이 자유로워진다.

Ⅴ．秋思

57. 雁聲 (안성) 30

秋夜空外雁飛聲 (추야공외안비성)

過紫煙中互愛聽 (과자연중호애청)

雌雄相嫉身部痛 (자웅상질신부통)   相嫉: 질투

結婚盛宴請招旌 (결혼성연청초정)   請招: 초청하다

가을 밤하늘 저편에 기러기 나는 소리
보랏빛 안개 속에서 서로 사랑 노래 듣는다.
암수 서로 노니는 소리
성대한 혼례의 초청장인가?

58. 晩秋 (만추) 81

明月一輪到長行 (명월일륜도장항) 行: 줄, 서열

寒林落葉盡迎霜 (한림낙엽진영상)

空山獨夜悲覺旅 (공산독야비각여) 悲覺: 시름을 느끼다

夢裏家中何日常 (몽리가중하일상)

바퀴 같은 둥근 달 길게 이어지고

나뭇잎 애처롭게 서리를 맞네.

공산에 홀로 앉아 시름에 쌓인 나그네

꿈속에 그리는 고향 어느 날 돌아가나?

59. 山行 (산행) 89

雨滴塘岸夜深迷 (우적당안야심미)

柳樹無人葉自飛 (류수무인엽자비)

客恨秋風多大少 (객한추풍다대소) 多大少: 끝이 없다

無功業補愧淸時 (무공업보괴청시) 淸時: 태평시대

밤은 깊은데 연못엔 비 내리고
사람도 없는데 단풍만 날리네.
가을바람 손님의 시름 그지없는데
태평시대 할 일 없어 부끄럽네.

60. 秋弄 (추농) 90

青山爬雲映夕厓 (청산파운영석애)　夕厓: 저녁 언덕
寂寂森林落照背 (적적삼림락조배)
對月開窓前綠峰 (대월개창전록봉)
莫非太古色鋪開 (막비태고색포개)　色鋪: 색 칠하다

푸른 산에 구름이 끼어 저녁 벼랑에 비치고
적막한 숲속은 뒤에서 낙조가 진다.
달빛에 창문을 여니 앞에 푸른 봉우리 솟아 있고
태고 모습 펼쳐진 것이 옛 모습 그대로다.

61. 投影 (투영) 12

暮坐味秋凉 (모좌미추량)

予心衝落撒 (여심충락살)

春芝芭年綠 (춘지파년록)   芝芭: 지초, 파초

歲月何通達 (세월하통달)

北皐薄昏望 (북고박혼망)

靑山貌愁割 (청산모수할)   愁割: 수심을 씻다

遐鄕歸未報 (하향귀미보)

早晨看容葛 (조신간용갈)   容葛: 칡 같은 얼굴색

저녁 즈음 앉아서 서늘한 가을을 맛보고 있을 때
낙엽 날리는 것을 보고 마음은 충격을 받았다.
봄에 난초 파초가 매년 푸르러지는 것도
세월을 통달하였기 때문일 것이다.
황혼 녘 북쪽 언덕에 올라
청산의 모습을 보면서 수심을 씻었다.
먼 고향에도 아직 못 돌아갔는데
새벽에 얼굴을 보니 칡같이 늙었다.

62. 秋愁 (추수) 19

樹樹多秋窮 (수수다추궁)

遙遙昃日薨 (요요측일훙)　　遙遙: 멀고 아득한

悲凄聽落葉 (비처청락엽)

獨坐沼邊楓 (독좌소변풍)

此看忽容髮 (차간홀용발)

思鄕薄暮風 (사향박모풍)

思量何崎嶇 (사량하기구)　　思量: 헤아려 보다

全貌在心中 (전모재심중)　　全貌: 모든 모습들

가을이라 숲은 다 곤궁해지고,
멀리 아득한 곳 태양도 일그러졌다.
낙엽 지는 소리 처량하고 슬프게 들리는데
홀로 연못가 단풍을 본다.
홀연히 늙은 얼굴과 머리카락을 보며
해질녘 바람 불 때 고향 생각에 잠긴다.
어찌 기구한 삶을 헤아려 보지 않겠는가?
모든 것들은 마음속에 있다는 데.

63. 景福宮 (경복궁) 46

天高馬肥爽 (천고마비상)

露相柳靑邦 (로상류청방)   露: 드러내다

景福宮踏査 (경복궁답사)

郭都溢人坊 (곽도일인방)   郭都: 도시의 성곽

忽然究竟史 (홀연구경사)   竟史: 역사 규명

此日意何傷 (차일의하상)

處處悲哀滿 (처처비애만)

秋風白毛漲 (추풍백모창)   毛漲: 모발이 늘어나다

천고마비 계절에 날은 서늘하고
버들은 푸르름을 드러내고 있다.
오늘의 경복궁 답사길에
성곽은 관람객 넘쳐나고 있었다.
홀연 궁궐 역사를 더듬어 보니
이곳에 어찌 아픔이 많지 않았겠는가?
곳곳에 슬픔이 가득해 보이고
가을바람에 흰 머리털만 늘어나는 듯하다.

64. 霜降 (상강) 54

朝飛鷺梁雲 (조비노량운)　　鷺梁: 노량진 지명

暮捲露散巡 (모권로산순)　　散巡: 휘몰아 흩어지다

遲遲連接渚 (지지연접저)

些只自鷺奔 (사지자로분)　　奔: 날다

天邊幾度變 (천변기도변)

浮雲何答諄 (부운하답순)　　答諄: 답변하다

苦惱吹白髮 (고뇌취백발)

江波自然紛 (강파자연분)

아침 노량진에 구름이 스치고
저녁 이슬 흩어져 내린다.
느릿느릿 물가에 닿으니
백로 몇 마리 날고 있다.
세월은 얼마나 많이 바뀌었는지.
뜬구름 같은 인생 말해 무엇하겠는가.
고뇌의 흰 머리칼 바람에 날리는데
강물은 무심히 흘러만 간다.

65. 登白砂谷 (등백사곡) 56

秋高木葉征 (추고목엽정)　秋高: 가을하늘 높다

看盡白砂精 (간진백사정)

峻嶺身垂汗 (준령신수한)

山光蓋錦英 (산광개금영)　蓋錦: 비단을 둘러치다

年年相好代 (년년상호대)　相好代: 바뀐다

信合友情成 (신합우정성)

白髮足張掛 (백발족장괘)

須天養仁迎 (수천양인영)

가을 하늘 높고 낙엽 지는데
백사 계곡을 다녀왔다.
준령을 오르니 몸에 땀이 흐르고
산은 비단을 덮은 듯 아름다웠다.
세월은 매년 바뀐다 해도
우정의 믿음은 깊어진다.
흰머리에 펼쳐 걸린다 해도.
모름지기 하늘은 어질게 환영할 걸세

66. 立冬 (입동) 66

昨夜寒風强 (작야한풍강)

今朝零露粧 (금조영로장)

冬風吹不盡 (동풍취불진)

路外黃金裝 (로외황금장)

夜長陽光微 (야장양광미)

一常似樣當 (일상사양당)　　似樣當: 한결 같다

忽然逢舊友 (홀연봉구우)

互懷憶山江 (호회억산강)　　山江: 산,강에 대한 것

지난밤 찬 바람이 세차게 불더니
오늘 아침 이슬 내려 장식하였다.
겨울바람 그치지 않고
길옆에는 붉은 낙엽으로 장식되었다.
태양 빛은 여리고 밤은 길어도
일상은 한결같고
홀연 옛 친구를 만나니
서로의 마음에 기억이 되살아난다.

67.晚秋 (만추) 52

白岳蕭蕭雲谷班 (백악소소운곡반)   白岳: 경복궁의 뒷산

秋燕散古園廻安 (추연산고원회안)

仙山北岳峽風强 (선산북악협풍강)

白露空中寒氣攤 (백로공중한기탄)

處處催裝修換服 (처처최장수환복)   裝修: 꾸며 입다

天生寒冷自當看 (천생한냉자당간)

同學少年多非賤 (동학소년다비천)   非賤: 천하지 않다

苦恨艱包繁髮難 (고한간포번발난)   苦恨艱: 고난과 역경

적막한 백악산은 구름 계곡으로 나누어 흩어지고
가을 제비는 흩어져 고향으로 돌아가네.
선산 북악의 협곡에 강한 바람 불더니
찬 이슬 공중에서 흩날렸네.
세상은 추워져 곳곳에선 환복을 재촉하지만
만물은 스스로 잘 대처하네.
어린 시절 친구들은 잘 지내고 있는데
나는 고난과 역경으로 머리카락만 흩어지네.

68. 銅雀大橋 (동작대교) 61

銅雀橋底看河邊 (동작교저간하변)

悲傷立望葉悽演 (비상입망엽처연) 悽演: 처량한

斜陽如流波連懷 (사양여류파연회) 連懷: 회포가 이어져

獨上江邊覺渺然 (독상강변각묘연)

人影搖搖淸河裏 (인영요요청하리) 搖搖: 흔들리다

靑雲散把錦因煙 (청운산파금인연) 因煙: 안개를 만들다

誰談華槿一朝燥 (수담화근일조조) 華槿: 화려한 무궁화

萬古人得無生連 (만고인득무생연)

동작대교 밑에서 강변을 응시하다
낙엽이 처연한 것을 보고 서글펐다.
물결과 같은 석양은 가슴에 이어져
아득한 느낌이 든다.
사람의 그림자가 맑은 물속에서 흔들리고
푸른 구름은 비단을 펼쳐 안개를 만든다.
누가 말했던가 화려한 무궁화도 하루아침에 지고.
만고 인간도 생명 연장이 안 된다고.

69. 喜雨亭 (희우정) 71

喜雨亭登楊柳新 (희우정등양류신)　喜雨亭: 서울 한강변 정자

江邊無定暮笛呻 (강변무정모적신)　笛呻: 피리 소리

微風晚來花如雪 (미풍만래화여설)

已成靑丘蝸字盡 (이성청구와우진)　蝸字: 달팽이 집(허름한 집)

今陽惟有漢江彬 (금양유유한강빈)

蕭蕭朝動波庭樹 (소소조동파정수)

瞬刻白髮紊太貧 (순각백발문태빈)　紊太貧: 흩어져 빈궁한

희우정에 오르니 버들은 푸르러졌고
강변 서녘에 어디선가 들려오는 피리 소리
저녁 미풍이 불고 꽃이 흰 눈처럼 피었는데
몇 그루 버들은 봄의 대열을 이기지 못했다.
조그마한 옛집은 이미 사라지고,
지금 태양은 오직 한강을 비춘다.
쓸쓸한 아침 정원의 나무가 흔들릴 때
순간 흰 머리칼은 흩날려 매우 빈궁해졌다.

70. 殘秋 (잔추) 72

冷雨無情晩更加 (랭우무정만경가)　晩更加: 밤 늦은 시각

西風大是無微思 (서풍대시무미사)　無微思: 무정한

思量浩乾坤無窮 (사량호건곤무궁)　思量: 생각

復憶忽忽話不遮 (복억총총화불차)　不遮:끝이 없다

把酒聊吟談月賦 (파주료음담월부)　吟談: 시를 읊다

思鄕肯作爬皐辭 (사향긍작파고사)　爬皐: 동산에 올라

一秋興趣謾東籬 (일추흥취만동리)　謾東籬: 동리 일을 잊다

不落黃花入鬢絲 (불락황화입빈사)

찬비는 무정하게 밤새도록 내리고
서풍은 왜 이리 무정한가?
멀리 천지를 보니 생각 이어져
못다한 사연도 끝이 없는 듯
밝은 밤에 한 잔 하고 겨우 책을 보다
동산에 올라 고향 그려 시도 지었다.
올가을 흥취도 잊고 있는데
국화는 지지 않고 귀밑 서릿발만 재촉한다.

71. 秋思 (추사) 76

寒雨無情晚更迷 (한우무정만경미)

乾坤浩浩長思籬 (건곤호호장사리) 浩浩: 넓어

行人莫上長堤望 (행인막상장제망)

駐圍蕭蕭落葉菲 (주위소소락렵비) 葉菲: 향기짙은 잎

處獨居閑絶往還 (처독거한절왕환)

只呼明月照孤悲 (지호명월조고비)

秋風客恨知多少 (추풍객한지다소)

萬里悲秋常作微 (만리비추상작미)

찬비 내리는 가을 저녁 혼란스럽지만
천지 넓어 생각의 울타리 넓어진다.
행인이 없어 언덕에 올라 보니
주위는 쓸쓸한데 낙엽 향기 풍긴다.
홀로 한가히 지내니 오가는 이 없고
다만 밝은 달만 처량히 비친다.
가을바람 소리 길손의 시름 그지없지만
슬픈 가을이 항상 나를 작게 만든다.

Ⅵ. 閑居

72. 隱居 (은거) 84

浮世止何職 (부세지하직)

遲朝不啓扉 (지조불계비)

山江微可望 (산강미가망)

寒盡不知時 (한진불지시)

헛된 세상 무엇하리오.

늦은 아침인데 문 열지 않고,

산천을 어찌 바라보는가.

해가 바뀌어도 알지 못하면서.

73. 挑戰 (도전) 2

日頭掛霞似圓團 (일두괘하사원단)　圓團: 둥글다

山嵐吐泡作虹丹 (산람토포작홍단)　山嵐: 산 아지랑이

萬物扶出依哲理 (만물부출의철리)

何人間不懼多端 (하인간불구다단)　懼多端: 많은 두려움

태양은 둥그런 노을을 걸고
산 아지랑이는 포말을 뱉어 붉은 무지개 만든다.
우주 만물도 오묘한 이치로 나타나는데
어찌 인간이 다양한 결과에 두려워하지 않겠는가?

74. 山村 (산촌) 22

攀登雲藏扉 (반등운장비)　藏扉: 마을을 뒤덮고

入逕從初籬 (입경종초리)

古路無人迹 (고로무인적)

深林人不知 (심림인불지)

空山明月照 (공산명월조)

燭下草蟲飛 (촉하초충비)

月色遙靑栢 (월색요청백)

山中樂味知 (산중락미지)

구름이 피어올라 마을을 뒤덮고,
지름길 쫓아 마을 입구에 들어선다.
옛길은 사람 밟은 흔적도 없고,
숲마저 우거져 사람들은 알지 못한다.
공산에는 밝은 달이 비치고
촛불에는 풀, 벌레가 날아다닌다.
잣나무는 푸르고 달빛은 고요하니
산중 생활의 즐거운 맛을 알겠다.

75. 柔居 (유거) 34

松風吹解帶 (송풍취해대)　解帶: 허리띠 풀고

節候晚秋持 (절후만추지)

白雲漸作散 (백운점작산)

斜光裏寨來 (사광리채래)　裏寨: 담장 안

蒼蒼川到處 (창창천도처)

坐看雲消時 (좌간운소시)

己問窮通理 (기문궁통리)

非說笑答期 (비설소답기)

솔바람이 시원해서 허리띠를 풀고,
늦가을 계절을 맛본다.
흰 구름이 점점 흩어지면서
저녁 햇살이 담장을 뚫고 비치고 있다.
푸른 냇물이 흘러가는 곳에서
앉아 구름이 사라질 때
자신에게 삶이란 무엇인지 물으니
말 없이 웃으며 답할 수밖에

76. 言志 (언지) 45

東丘斜陽嘗 (동구사양상)   陽嘗: 빛을 맛보다

暮色惟悽荒 (모색유처황)   悽荒: 처연한

獨生途邊草 (독생도변초)

當天意何傷 (당천의하상)   當天: 오늘

浮生經無涯 (부생경무애)

老境只誰商 (노경지수상)   誰商: 누구와 의논

日月上通代 (일월상통대)

親知無臭裝 (친지무취장)   臭裝: 체취와 꾸밈

동쪽 둔덕에서 석양을 맛보다
저녁 빛에 처연한 생각이 든다.
홀로 강가에 앉아 풀을 바라보니
오늘의 삶에 서글픈 생각이 든다.
덧없는 세월은 거침없이 가니
노년의 일은 누구와 상의할까?
세월은 급히 바뀌니
친한 사람의 취향도 모르겠다.

77. 登龍鳳山 (등용봉산) 62

夕陽無限迷 (석양무한미)

涉龍鳳登遲 (섭용봉등지)　龍鳳: 동작구에 있는 산

誰能飛容陋 (수능비용누)　容陋: 누추한 얼굴

孤停栢樹基 (고정백수기)

松鳴非假咏 (송명비가영)　假咏: 헛 소리

念我秋思幾 (념아추사기)

潮容淸香服 (조용청향복)

幽居少人知 (유거소인지)

석양이 미혹해져
천천히 용봉산에 올랐다.
누구나 그렇듯 추한 모습 보이기 싫어
외로이 잣나무 밑에 앉으니
다른 소린 들리지 않고 솔바람 소리만 나니
시름에 잠겨 상념이 생긴다.
맑은 향기는 옷 속으로 잠기는
은거 생활을 아는 이 적을 듯하다.

78. 歲月 (세월) 32

山鳶徘徊城 (산연배회성)

繁霧覆朝廷 (번무복조정)　繁霧: 짙은 안개

草木皆秋色 (초목개추색)

漢城逐暮精 (한성수모정)

前親朋比數 (전친붕비수)　比數: 많은 수

隣人無正聽 (린인무정청)

薄暮思親友 (박모사친우)

愁思無索型 (수사무색형)　無索型: 형태를 찾을 수 없다

산속의 솔개는 성곽을 배회하고
짙은 안개는 궁궐을 뒤덮는다.
초목은 다 가을 색을 띠고
서울의 저녁에 생각에 잠긴다.
예전에는 친구들도 많았지만
지금은 이웃 소식도 못 듣는다.
저물녘 친구들을 생각해도
얼굴을 기억할 수 없어 고민하게 된다.

79. 遊閑 (유한) 24

蒼空映照靜高明 (창공영조정고명)

寒霧毛毛落自鳴 (한무모모락자명)　　毛毛: 가랑비

雲散東山千倍顯 (운산동산천배현)　　千倍顯: 확 나타나다

林邊北沼小波鳴 (림변북소소파명)

閑房坐臥秋風味 (한방좌와추풍미)

此外俗塵洗不零 (차외속진세불영)　　俗塵: 속세의 때

滿日無心長自閒 (만일무심장자한)

多技蓄露向予傾 (다기축로향여경)　　蓄露: 이슬 먹은

고요고 높은 하늘에 빛이 밝게 비치고
찬 안개 속에 가랑비 내리는 소리 들린다.
구름이 흩어져 동산이 확 드러나고,
숲 북쪽 연못엔 물소리 작게 들린다.
한적한 방에 누워 가을 맛을 보는 것
이곳 외에 속세의 때를 더 씻을 수 있을까?
종일 무심히 한가하게 보내니
이슬 먹은 나뭇가지 나를 향해 기우는 듯하다.

80. 退休大方 (퇴휴대방) 63

七十年來血剛持 (칠십년래혈강지)　血剛: 혈기 완성

無事幽居少人知 (무사유거소인지)

已逝友人山河在 (이서우인산하재)　逝友: 죽은 친구

無功業愧補淸時 (무공업괴보청시)　淸時: 태평시대

藏踪似耳聾同人 (장종사이롱동인)　耳聾: 농아

數椽茅屋亦朽籬 (수연모옥역후리)

客恨秋風知自來 (객한추풍지자래)

遐山暗霧自飛飛 (하산암무자비비)

70년 동안 혈기 왕성하게 살아왔고,
지금은 한가하니 아는 이 적네.
산하는 그대론데 친구들은 이미 갔고
태평 시대 할 일 없어 부끄럽네.
은둔생활 하다 보니 귀머거리 다 됐고
오막살이 집도 쇠락해졌네.
가을바람은 나그네 슬픔 알고 불어오니
먼 산의 짙은 안개는 스스로 일렁일렁.

81. 夏夢 (하몽) 77

萬木離離成綠林 (만목리리성록림)　離離: 무성하게

錦屛夏色畵中尋 (금병하색화중심)

川邊柳柱晨烟裏 (천변류주신연리)　晨烟: 새벽 안개

夏節光威更變深 (하절광위경변심)　更變深: 더욱 짙다

要是雲山今念少 (요시운산금념소)　要是: 만약. 念少: 잡념

夕來休讀無餘沈 (석래휴독무여심)　無餘: 남은 것 없다

悠悠獨坐無邊際 (유유독좌무변제)

百年人生無涯侵 (백년인생무애침)

나무는 무성하게 서로 숲을 이루고
비단 병풍 두른 듯 그림 속 같다.
새벽안개 속에 냇가 버들은
여름철에 더욱 색이 짙어진다.
구름 속에 들면 지금 잡념 사라지고,
저녁에 책 덮으니 남은 일도 없다.
한가롭게 홀로 앉아 생각하니
백 년 인생 꺼릴 것 없다.

VII. 晚景

82. 警戒 (경계) 97

落木蕭蕭阜路華 (락목소소부로화)　阜路: 둔덕 길

君恩如水向西遐 (군은여수향서하)

天天人情饒輕重 (천천인정요경중)　輕重: 변덕

自古功名很禍拿 (자고공명흔화나)　禍拿: 화를 만든다

둔덕 길에 쓸쓸히 낙엽 져 빛나고
님의 은혜 물과 같아 멀리 흘러가니
인간의 정은 변덕이 많아
자고로 공명도 많은 화를 입게 된다.

83. 遺恨 (유한) 14

悠忽七十年 (유홀칠십년)　悠忽: 홀연

湖岸又風然 (호안우풍연)

世路踏屈折 (세로답굴절)　屈折: 굴곡진

雲霞照遠延 (운하조원연)　遠延:멀리 이러진다

消光紅色散 (소광홍색산)

白鷺群歌捐 (백로군가연)

朋僚脫出返 (붕료탈출반)　朋僚: 친구

一場幻夢憐 (일장환몽련)

허송세월로 70년을 보내고
호숫가에서 또 한해를 맞는다.
굴곡진 세상살이에도
구름안개 찬란하게 이어진다.
태양이 지니 붉은 색이 사라지니
백로가 무리 지어 노래를 보탠다.
친구들도 헤어져 돌아오지 않으니
일장춘몽 가련하다.

84. 秋想 (추상) 18

山吹促潤江 (산취촉윤강)

細雨柳杆忙 (세우류간망)

群鳥旋廻岳 (군조선회악)

多雲覆紫墻 (다운복자장) 　紫墻: 자하문

夕陽思悔恨 (석양사회한)

念此懷悲悵 (념차회비창) 　悲悵:슬픔

大地正秋色 (대지정추색)

終冥不能康 (종명불능강) 　終冥: 밤이 깊어지다

산에는 바람 몰아 불고 강물은 출렁대고
가랑비는 마른 버드나무에 생기를 불어넣는다.
새들은 무리 지어 산을 휘돌아 날아가고
많은 구름은 자하문을 덮는다.
석양은 회한을 자아내게 하여
이 또한 깊은 슬픔을 품게 된다.
대지는 곧바로 가을색을 나타내니
밤이 깊을 때까지 마음은 편치 못할 것 같다.

85. 晚景 (만경) 21

街禪不可充 (가선불가충)　　不可充: 사라지다

晚景寒鴉豊 (만경한아풍)

柿葉紅江散 (시엽홍강산)

霞斑映沼重 (하반영소중)　　映重: 비치고 가라앉다

夕孤觀月耀 (석고관월요)

底頭索虛風 (저두색허풍)

暗處察容髮 (암처찰용발)　　暗處: 어두운 곳

生涯在鏡中 (생애재경중)

거리의 매미들은 거의 사라지고
늦가을 까마귀들은 추위에 모여있다.
감나무 잎은 붉어 강물에 흩어지고
영롱한 놀은 연못에 비치어 물속으로 가라앉는다.
저녁에 홀로 서늘한 바람을 맛보다
고개 떨구고 허망함을 탐색한다.
어둑한 곳에서 용모를 살펴보니
내 생애가 거울 속에 있다.

86. 破閑 (파한) 47

日暮墨天熏 (일모묵천훈) 　熏: 연기 끼다

房空看彩雲 (방공간채운) 　彩雲: 오색구름

毛毛街境立 (모모가경립)

晚暮迷車群 (만모미차군) 　車群: 몰리는 차량

寒气黃梧葉 (한기황오엽)

波思路上巡 (파사로상순) 　路上巡: 길가로 가다

哀惜使人恨 (애석사인한)

客愁不許暈 (객수불허훈) 　許暈: 혼란케 한다

해가 저무니 하늘은 먹장이 되고
빈방에서 오색구름을 본다.
가랑비 내리는 길가에 서서 보니
늦은 저녁에 차들이 무리 짓고 있다.
찬 기운에 오동잎은 누렇게 변했고
생각에 잠겨 길가로 나섰다.
애석함은 사람을 한스럽게 만들지만
시름을 혼란스럽게 하지 않는다.

87. 晚想 (만상) 48

雙橋落彩虹 (쌍교락채홍)　彩虹: 무지개

落日龍山逢 (락일용산봉)　落日: 해질 무렵

爬亭察江渚 (파정찰강저)　江渚: 강가

浮雲暮捲從 (부운모권종)

星移多度秋 (성이다도추)　星移: 세월 가다

勉勵不當終 (면려불당종)　當終: 당연히 마침

晚霞追思淚 (만하추사루)

煙波處處蒙 (연파처처몽)　蒙: 희미하다

쌍다리에 무지개 뜨고
저녁 무렵 용산에서 사람들을 만났다.
정자에 올라 강변을 바라보니
저녁 뜬구름이 점차 자취를 감추고 있다.
세월은 얼마나 빠르게 바뀌는가?
노력해도 못 마친 일 많다.
저녁놀을 보며 생각하니 눈물이 어리고
안개 자욱한 곳은 희미할 뿐.

88. 自覺 (자각) 4

嶺月四更吐 (령월사경토)

靜中觀愼悟 (정중관신오)　愼悟: 삼가 깨닫다

亂紛七十年 (란분칠십년)

萬病痛留苦 (만병통류고)

氣質消心慾 (기질소심욕)

沒希望蓄庫 (몰희망축고)

光燈沒宿岑 (광등몰숙잠)　宿岑: 산봉우리 뒤 잠자다

在覺不知老 (재각불지로)

밤중 동산 달을 뱉어내면
고요한 가운데 자신을 되돌아본다.
굴곡진 70년 인생
많은 병고의 쓰라림이 남아 있고
본성은 원래 물욕이 없어,
축재를 좋아하지 않았다.
태양이 산봉우리 넘어 사라지면
늙어가는 것을 자각하게 된다.

89. 雜想 (잡상) 20

微風忽近仲秋尋 (미풍홀근중추심)　仲秋: 추석

逐片雲江波動甚 (축편운강파동심)

汝矣滿楊堤長掩 (여의만양제장엄)　汝矣: 서울 여의도 지명

街邊森葉變紅深 (가변삼엽변홍심)

無量遊客宿房去 (무량유객숙방거)

樹葉向吾身落沈 (수엽향오신락심)

念此隣邦無認浸 (념차린방무인침)　隣邦: 인근에

只知山禽解予心 (지지산금해여심)

갑자기 미풍이 불어 추석이 가까운 것을 알겠고
조각구름을 쫓아 강에 가보니 물결이 심하다.
여의도에 가득한 버들은 단풍으로 둑방을 덮고
가로수 잎새들은 더욱 붉어지고 있다.
수많은 놀이객들은 집으로 돌아갔고,
낙엽이 얼굴에 부딪히니 생각이 침울해진다.
이에 아는 이 없어 침울한데
단지 산새들만 나의 마음을 알아주는 듯.

90. 恕恨 (서한) 39

昨天在沼月光連 (작천재소월광연)　　昨天: 어제

已黃昏霞散亂翩 (이황혼하산란편)　　亂翩: 날아 가다

落葉充階紅不掃 (락엽충계홍불소)

今天汝矣雨滴延 (금천여의우적연)

吾們老古稀白髮 (오문노고희백발)

淚痕非乾友想聯 (루흔비건우상련)

耿耿星河達曉早 (경경성하달효조)　　星河: 은하수

唯慌恐舊貌歸鞭 (유황공구모귀편)　　慌恐: 두렵다

어제는 연못에 달이 빠져 빛나고
황혼의 놀은 빛이 날아가 버렸네.
수북이 계단에 쌓인 낙엽은 쓸지 않았는데
오늘 여의도엔 빗방울이 계속 떨어지네.
우린 고희 백발로 머리는 희고,
벗을 생각하면 눈물 마를 날이 없네.
빛나는 은하수는 아침까지 이어지는데
오직 옛 모습으로 돌아가는 것 두렵지 않은가?

VIII. 悔恨

91. 長恨歌 (장한가) 96

寂寞無邊落葉飛 (적막무변낙엽비)

蕭蕭處獨往還非 (소소처독왕환비)　還非: 돌아오지 않다

憑君莫問生涯事 (빙군막문생애사)　憑君: 그대에 의지하여

未容七十始認非 (미용칠십시인비)

고요한 가운데 낙엽은 끊임없이 흩날리고
쓸쓸히 홀로 지내니 오가는 이 드물다.
그대는 내 일생을 묻지 말라.
늙어 70세 무슨 잘못 있겠는가?

92. 自責 (자책) 6

山河如依然 (산하여의연)　　依然: 옛과 같아

村風似舊肩 (촌풍사구견)　　舊肩: 옛날과 견주어

靑丘春沒晩 (청구춘몰만)　　靑丘: 우리나라

隣衆如多遷 (린중여다천)　　多遷: 많이 바뀌다

萬事皆空還 (만사개공환)

天機不待牽 (천기불대견)　　待牽: 이끌어주다

心中充滿望 (심중충만망)

卽刻迅急遷 (즉각신급천)　　急遷: 급히 실천

자연은 예전과 다름이 없는데
촌락의 풍경도 견주어 유사하다.
우리나라 봄은 아직 늦지 않았는데
이웃 사람들은 많이 변하였다.
만사는 다 허망하게 돌아가는 것.
하늘도 이끌어 주지 않는다.
마음속에 소망이 가득 차 있어
빨리 신속하게 실행해 보기를.

93. 客愁 (객수) 23

寒氣晚秋危 (한기만추위)

黑風雲起時 (흑풍운기시)

淸川巖上瀑 (청천암상폭)

旋向玉階飛 (선향옥계비)

老歲頗知道 (노세파지도)　頗: 자못

說飜無還期 (설번무환기)

人生同草露 (인생동초로)

會合不多時 (회합불다시)　會合: 모임

늦가을 추위가 심해지고
검은 구름 바람이 일어날 때
맑은 냇물은 바위 위로 폭포 지고
회오리바람은 계단 자락에 맴돈다.
나이 들어 자못 도를 알고
돌아갈 시간도 잊고 이야기를 나누었다.
인생은 초로와 같은 것
함께 모여 즐길 시간도 많지 않다.

94. 老恨 (노한) 27

東峰斜陽昭 (동봉사양조)

徙倚欲何途 (섭의욕하도)　何途: 어느 길로

北岳唯耀映 (북악유요영)　北岳: 서울의 뒷산

昏光來紫照 (혼광래자조)

親友居何處 (친우거하처)

巷顧少吵招 (항고소소초)　吵招: 부르는 소리

痛恨空多認 (통한공다인)

聽吟掩淚謠 (청음엄루요)　掩淚: 눈물을 감추고

석양은 동쪽 봉우리에 비치고
내가 갈 곳은 어딘가?
북악산은 유독 밝게 빛나고
저녁달도 붉게 비치고 있다.
친구들은 모두 어디로 갔는가?
마을에선 찾는 사람도 없다.
알아주는 사람 적으니 서글프고
홀로 조용히 읊조리는 소리 듣는다.

95. 玩索 (완색) 44

北風重想趟 (북풍중상당)　　趟: 건너다

緣愁似竹匡 (연수사죽광)

酌酒寬參與 (작주관참여)

情鱕覆浪湯 (정번복랑탕)　　鱕覆: 뒤집히다

花非開酷暑 (화비개혹서)

勿想念夕傷 (물상념석상)

但盛春一次 (단성춘일차)

浮雲世事恒 (부운세사항)

북풍이 불면 생각이 무거워지고
수심도 대나무처럼 바르게 커진다.
다 함께 모여 술 한 잔 하면 좋으련만
우정도 파도와 같이 뒤집히는 것.
예쁜 꽃도 혹서기에는 피지 않는 법.
상처 입을 생각은 말자.
화려한 봄도 일 년에 단 한 번뿐인데
허망한 세상은 항상 존재하는 것.

96. 自强 (자강) 49

蒼江岸自流 (창강안자류)

朔月照行舟 (삭월조행주)　　朔月: 그믐달

舊代人當沒 (구대인당몰)

今居使人愁 (금거사인수)

聽歌非勝痛 (청가비승통)

華麗變虛無 (화려변허무)

美人歸黃土 (미인귀황토)

維吾獨强修 (유오독강수)

푸른 강물은 강변을 스스로 흘러가고
그믐달도 지나는 배를 비춘다.
옛 선인들은 다 사라지고
지금 사람들은 근심 속에 산다.
노래는 통증을 해결할 수 없듯이
화려함도 변하면 허망하다.
미인도 세월 지나 흙으로 돌아가듯
오직 나를 지탱하는 것은 강한 수련뿐.

97. 懷春川 (회춘천) 7

大龍晨彩虹漸濤 (대룡신채홍점도) 大龍: 춘천 동북방의 산

三嶽登仙作散泡 (삼악등선작산포) 三嶽: 춘천 서쪽의 산

衣岩淸風一百里 (의암청풍일백리) 登仙: 삼악산의 폭포

飛鳳翼捲抱民招 (비봉익권포민초) 衣岩: 춘천의 호수

昭陽祕景亭江涯 (소양비경정강애) 昭陽: 봉의산의 정자

原始遭中島索模 (원시조중도색모) 中島: 의암호의 섬

盆地綜豊饒喜唱 (분지종풍요희창)

互相親逢不知肖 (호상친봉불지초)

대룡산의 새벽 무지개는 점점 더 일렁거리고
삼악산의 등선폭포는 포말을 흩날린다.
의암호의 맑은 물은 일백 리에 달하고
봉황이 날아와 날개 접고 사람들을 안아준다.
소양강 비경의 정자가 강언덕에 있고
원시 태초의 중도에서 만나 미래를 모색한다.
분지에 모인 사람들은 풍요를 기쁨으로 노래하고
서로 친하게 만나도 닮아가는 줄도 모르고 산다.

98. 秋客 (추객) 35

嶺上江邊想渺然 (령상강변상묘연)　渺然: 아득하다

孤心寡恥過應牽 (고심과치과응견)　應牽: 끌어 당기다

斜陽似浪波空散 (사양사랑파공산)

博霧昏光彩觀連 (박무혼광채관연)　博霧: 넓게 퍼진 안개

薄暮無休出想念 (박모무휴출상념)

鄕村玩月人何緣 (향촌완월인하연)　何緣: 어떤 인연

男人不整身登老 (남인불정신등로)

咫尺天涯近舊年 (지척천애근구년)

언덕에 올라 강변을 바라보니 생각이 아득하고
과거를 돌아보는 것이 부끄럽기도 하다.
물결치는 석양이 공중에서 흩어지고
드넓은 연무는 저녁 빛을 받아 공중에 이어진다.
엷은 안개에 끝없이 생각이 떠오르고
시골서 달맞이하던 사람들은 어찌 되었는가?
남아로 성공하기 전에 몸은 이미 늙었고
지척의 일도 옛일처럼 느껴진다.

99. 責我 (책아) 38

我古稀經過老年 (아고희경과노년) 古稀: 70세

一秋晚樂趣茫然 (일추만락취망연)

靑年力促期零敗 (청년력촉기영패) 零敗: 패하지 않으려

成人功名亦饗捐 (성인공명역향연) 饗捐: 즐기다

歲月悠悠恒性流 (세월유유항성류)

今天怨苦不退宣 (금천원고불퇴선) 宣: 알아주다

抛荒何盡塵埃世 (포황하진진애세) 塵埃: 티끌

萬里秋心送碧川 (만리추심송벽천) 碧川: 푸른 물

내 나이 고희로 노년이 되었고
올 가을 흥취도 아득하다.
청년 시절 지지 않으려 노력했고
중년에 공명 역시 향연이 계속되었다.
세월은 거침없이 흘러가는 것.
이즈음 원한과 고통 누가 알아주리.
세상의 먼지 어찌 던져 버리지 않겠는가?
가을의 스산한 마음 푸른 냇물에 띄워 보낸다.

100. 老悲 (노비) 59

今年梧落路偏紅 (금년오락로편홍)　路偏: 길가

明年花開復誰供 (명년화개복수공)

處處花風吹覆地 (처처화풍취복지)

年年歲歲人非同 (년년세세인비동)

驕矜勿盛紅顏子 (교긍물성홍안자)　驕矜: 교만하다

應憐白頭半死翁 (응련백두반사옹)　應憐: 가련하게

臥病忽然無互識 (와병홀연무호식)

黃昏唯有鳥啼叢 (황혼유유조제총)　啼叢: 모여 울다

올 오동잎이 길가에 떨어져 붉고
내년에 피는 꽃은 누가 다시 보겠는가?
곳곳에 꽃바람 불어 땅을 덮지만
꽃구경하는 사람은 매년 다르겠지.
젊음이 화려하다 자랑 마라
가련하게도 백두옹은 죽어가는 것이다.
병으로 갑자기 서로를 못 알아보니
황혼에 유독 새들만이 모여 울어댄다.

Epilogue

漢文學이란?
漢文을 가지고 描寫한 文學 및 그 문학을 研究하는 學問이다
漢字는 漢代의 사람들이 外國으로 流布한 文字이다.
그러므로 한자는 中國 文字이다.
따라서 中國人이 漢字로 기술한 중국의 글은 漢文이다.

韓國 漢文學란?.
우리의 漢文學은 우리나라 사람이 지은 것이니 우리 문학의 一環에 든
다고 볼 수 있다.
그러나 우리 特有의 形態나 形式을 造成하지 못하고 오로지 中國文學
의 形態 및 形式을 取하여 지어졌다.

우리 漢字音 聲韻?
처음 漢字가 들어 왔을 때의 中國字音에 의하여 형성되었을 것으로 보
인다.
특히 中國 北方地域의 중국 語音이 들어왔을 것이다.

文學이란?
春秋左氏傳 襄公 25年條 의 傳文
「仲尼曰 志有之, 言以足志, 文以足言, 不言, 誰知其志, 言之無文, 行而不遠」

--공자 말하기를 「말로 뜻을 지닌 마음을 완전하게 나타내는 것이고,

글로 말을 완전하게 나타내는 것이다. 말하지 않으면, 누가 지닌 뜻을 알 것인가? 그리고 뜻을 말로 나타내어 그것을 글로 기록함이 없다면, 그 말이 세상에 퍼진다 해도 멀리까지 미치지 못할 것이다. 」
요약하면 문학은 말로 뜻을 지닌 것을 완전하게 나타내는 것이다(공자)
결국, 文學은 사람이 지닌 뜻을 문자로 기록한 것이다.

文章이란?
문장은 곧 어떤 形態의 글에 의하고 또 어떤 形式에 의해서, 人間, 社會, 自然의 아름다움을 眞實하게 묘사하고, 描寫한 사람의 情緖와 主觀을 담은 것이다.

漢詩란?
특히 詩 분야는 古代詩, 古體詩, 今體詩로 나눌 수 있다.
古代詩는 詩經詩, 楚辭로 區分되고,
古體詩는 5言古體詩와 7言古體詩로 兩別 되고,
今體詩는 絶句詩, 律詩, 排律詩로 구별되고, 그것들은 각각 5言, 7言으로 分別된다.

詩文學에서 시의 本質은 「書經」舜典에 詩言志, 歌永言으로 볼 때 구체적으로 말한 것 같다.

詩經의 大序에
「詩者志之所之也 在心爲志, 發言爲詩」
詩는 곧 마음속에 느껴 潛在한 생각을 말로 發露시킨 것이다.

그렇다고 말로 된 것이 다 詩가 될 수는 없다.

後世에 詩는 音樂과 分離되기 前에는 詩는 노래로 부려지는 것이었다.
즉, 歌詞에는 리듬(韻律)이 있어야 한다는 것이다.
그리고 한 篇의 詩는 일정한 形式, 篇法이 생겼다.
그리하여 詩體의 글은 여러 가지 制約을 받게 된다.
결국 詩로 그 의미를 나타낼 경우, 韻律法과 篇法을 지켜야 했다.
즉, 篇法에는 한 편의 詩는 몇 句로 制限한다든지,
詩를 몇 字씩 한다든지 規定할 뿐만 아니라,
詩는 몇 句節로 詩意를 돌려 말하고 몇 句節로 한 篇의 뜻을 맺는다.
所謂 起承轉結法들이 생기게 되었다.

※ 詩經

中國 上古時代의 詩는 詩經과 楚辭 두 가지가 있었다.
楚辭는 우리 漢文學에 직접적 영향을 주지는 못했다.
그러나 대신 楚辭의 後身이랄 수 있는 賦가 발전했다.
詩經은 殷나라 末葉 周 나라(BC1027 ~246)의
春秋時代(BC722~481) 定王時(BC606~586)까지 지어진
北方中國의 詩를 集大成한 詩集이다.
그 후 秦 始皇帝의 焚書(BC213) 暴虐에 遺失되었다.
당시 학자들이 暗誦하고 있던 것을 再現시킨 것이 詩經이다.
現存하는 것은 魯나라 땅 출신 '毛亨'이 전한 "毛詩"였다.
前漢(BC206~AD8), 後漢(25~220)까지 여러 篇이 竝存했으나
南北朝 時代에 "外傳"이라는 篇만 남고 本文은 없어졌다.
그리하여 毛詩만 남아 傳하는 바 오늘날의 詩經 즉 毛詩이다.
詩經은 編纂했을 당시 311篇이었으나 오늘 傳하는 것은 305篇 뿐이다.

※今體詩의 平仄法

1. 絶句詩

가. 5言絶句

-平起式(偏格)
　　起:○○××◎(선택:○○○××)　承:×××○◎
　　轉:××○○×　　結:○○××◎
-仄起式(正格)
　　起:　×××○◎(선택:××○○×)　承:○○××◎
　　轉:○○○××　　結:×××○◎

나. 7言絶句

-平起式(正格)
　　起:○○×××○◎　承:××○○××◎
　　轉:××○○○××　　結:○○×××○◎
-仄起式(偏格)
　　起:××○○××◎　承:○○×××○◎
　　轉:○○××○○×　　結:××○○××◎

2. 律詩

가. 5言律詩

-平起式

起:○○××◎　×××○◎　頷:××○○×　○○××◎
頸:○○○××　×××○◎　結:××○○×　○○××◎

-仄起式

起:×××○◎　○○××◎　頷:○○○××　×××○◎
頸:××○○×　○○××◎　結:○○○××　×××○◎

나. 7언律詩

-平起式

起:○○×××○◎　××○○××◎
頷:××○○○××　○○×××○◎
頸:○○××○○×　××○○××◎
結:××○○○××　○○×××○◎

-仄起式

起:××○○××◎　○○×××○◎
頷:○○××○○×　××○○××◎
頸:××○○○××　○○×××○◎
結:○○××○○×　××○○××◎

※; ○- 평성,　×- 측성,　◎- 압운.

언덕 너머 저편엔…

초판 발행 2024년 1월 20일
지은이 이명준
펴낸이 김복환
펴낸곳 도서출판 지식나무
등록번호 제301-2014-078호
주소 서울시 중구 수표로12길 24
전화 02-2264-2305(010-6732-6006)
팩스 02-2267-2833
이메일 booksesang@hanmail.net

ISBN 979-11-87170-63-1
값 16,000원